XXXIII· B

D. 4637.
A.

RAISONS

QUI CONDAMNENT

LE LVXE,

TIRE'ES

DES PERES.

Par M. de CLAVIGNI,
de Sainte Honorine.

A PARIS,
Chez IEAN CHARMOT, ruë
vieille Bouclerie, au Chef
Saint Iean.

M. DC. LXXV.
Avec Approbation & Privilege du Roy.

A MONSEIGNEUR

LE CARDINAL

DE BOÜILLON,
Grand Aumofnier
de France.

ONSEIGNEVR,

Quand je préfente à
Voftre Alteffe la deffence

â ij

de la temperance, je luy
offre celle d'une vertu qui
a fait les Heros chez les
Payens, & les Saints dans
la Religion de Iesus-Chrift,
fans elle on ne peut eſtre
grand, ny Chreftien; la
gloire & la fainteté font
de ces fuittes, & elle eſt
ſi conforme à la raifon,
que Nous ceſſons d'eftre
hommes, dés que Nous
ceſſons de la fuivre.

Il n'y a point d'Orateur
qui ne l'ait foûtenüe dans
un temps où le Monde n'a-
voit pas de Religion, qui
luy appriſt à diſtinguer les

EPISTRE.

mouvemens du vice , pre-
nant la sensualité pour une
de ces qualitez innocentes
que donne la nature , les
Peres en ont parlé avec
esclat en toutes les rencon-
tres , & vn des plus éclai-
ré luy attribüe de la Di-
vinité , parce qu'elle ren-
ferme dans ces détachemens
le Culte & l'esprit de la Religion que nous suivons.

Ie me suis persuadé que
Vostre Altesse ne refusera
pas son appuy au discours
que j'ay l'honneur de luy
en presenter ; on s'interesse
facilement pour les vertus

que l'on fait par une certaine Iustice que nous y
aymons ; il est vray que la
temperance est fort genera-
le , on ne peut comprendre
plus de vertus sous un seul
nom ; mais je suis asuré
qu'il n'y en a pas une qui
ne vous appartienne , &
que je puis trouuer en
vostre seule personne la
protection & l'exemple de
toutes.

Les dignitez dont Vostre
Altesse est honorée, en sont
des marques certaines ,
vous les possedez dans un
temps où personne n'y pre-

tend ; ce n'eſt pas que ie
ſois ſurpris, ſous ce grand
Roy , qu'un Prince d'un
Sang Illuſtre comme le vôtre , jouyſſe de la gloire dés
qu'il l'a meritée? Mon eſton-
nement eſt de voir qu'il y ait
ſi peu d'intervalle de voſtre
naiſſance à voſtre merite ,
que les fonctions de voſtre
eſprit n'ayent point eſté ſu-
jettes à la ſucceſſion des
aages, que ſans auoir eſſuyé
le progrés des temps , ny le
cours de la nature , vous
ayez divinement les qua-
litez que les autres acquie-
rent par le travail ; &

qu'à vingt-quatre ans la
France & l'Italie vous
ayent jugé capable de choisir
le Lieutenant de Dieu, &
mis au rang de ceux qui
sont dignes de l'estre.

Cette grandeur & ce me-
rite si eslevé qui me donnent
de la veneration pour
Vostre Altesse, me rendent
les faueurs que i'en ay re-
ceuës tres-glorieuses ; c'est
un bonheur extréme de vous
estre obligé ; mon ressenti-
ment m'est plus cher que le
bien qui l'a fait naistre, &
rien ne me semble plus
advantageux que de me

EPISTRE.

pouvoir dire avec une tres-
humble reconnoissance,

MONSEIGNEVR,

Voſtre tres-humble , tres-
obeïſſant , & tres-obligé
ſeruiteur, CLAUIGNY.

APPROBATION.

JE foussigné Docteur en Theologie de la Faculté de Paris, & Proviseur du College des Bernardins, certifie avoir lû un Livre qui a pour titre *Raisons qui condamnent le Luxe, tirées des Conciles & des Peres*, composé par *Monsieur de Clavigny de Sainte Honorine*, dans lequel je n'ay rien remarqué qui ne soit propre à porter les Fidelles au mépris du Luxe, & capable de leur inspirer l'amour de la simplicité Chrestienne, bien loin d'y trouver aucune chose qui soit contraire à la Foy & aux bonnes mœurs. Fait au College des Bernardins de Paris l'onziéme d'Octobre mil six cens soixante & douze.

F. B. Du Teille'.

RAISONS
CONTRE LE LUXE,
TIRE'ES
DES SAINTS PERES.

CHAPITRE I.

En quoy consiste l'esprit de la temperance, & les plaisirs qu'elle permet ou qu'elle deffend.

LE devoir de la temperance est de moderer les passions du touché & du goust, leur brutalité

eſt ſon horreur ; & laiſ-
ſant à la prudence le
ſoin de regler les autres
ſens qui ſont moins ca-
pables de l'infamie des
vices , elle ne combat
que ce qu'il eſt honteux
d'aimer.

Cette vertu fuſt toute
la Loy de l'eſtat d'Inno-
cence, Adam n'en con-
nû point d'autre , elle
faiſoit ſon accompliſſe-
ment , ſa felicité en dé-
pendoit comme ſa per-
fection , & Dieu pour
eſtre ſatisfait de l'hom-
mage qu'il luy devoit de

la possession universelle
des creatures, le main-
tenir Saint, heureux &
immortel, ne luy de-
manda qu'un peu de
temperance.

Quoy que cette vertu
soit severe, elle ne rejette
pas, dit Saint Augustin,
un certain agréement
qui naist de la simpa-
thie, que les sens ont
pour l'excellence de leur
objects, le plaisir n'est
pas tousiours crimi-
nel, il sembleroit que
Dieu fust ennemy de
l'innocence, d'en avoir

fait un vice, & l'oſtant
à la Iuſtice qu'il aime
de l'abandonner au pe‐
ché qu'il nous deffend.

Il ſeroit dangereux de
ſouhaitter cette pauvre‐
té de la conſcience; car
en faiſant un crime de
certains mouvemens,
dont les ſens ne peuvent
ſe détacher, vous la por‐
tez dans une maniere de
conſternation, comme
ſi pour ſuivre la Loy, on
la vouloit obliger à vain‐
cre la nature.

Il n'y a rien qui rende
la volonté plus rebelle

que l'impuiſſance; l'hô-
me ſuccombe ſous une
pureté trop eſleuée ,
comme ſous ce qui le
combat , la meſme foi-
bleſſe qui le fait ceder à
ſon contraire l'empeſ-
chant de ſe porter à ce
qui eſt au deſſus de ſon
innocence.

Ce plaiſir qui accom-
pagne les actions, & que
les ſens ne peuvent évi-
ter , eſt inſpiré au cœur,
c'eſt le charme dont
Dieu ſe ſert pour regler
les inclinations de ſa
creature , & l'aſſujettir

agreablemét à ce qu'el-
le doit, n'y ayant rien
de plus advantageux
que ce reffentimét pour
dégager noftre obeïffan-
ce d'une certaine ferui-
tude qui fe trouve toû-
jours dans les chofes re-
glées, parce qu'il nous
fait naiftre, comme dit
Ariftote, le defir de les
fuivre.

S'il y a du vice dans
une telle fenfualité, il
fort de l'infidelité des
paffions, quand je con-
tente ma faim, efcrit
Saint Auguftin, la con-

voitife cherche de la vo-
lupté dans l'ufage des
viandes ; mes fens ne
peuvent éuiter la com-
plaifance qu'elle y préd,
parce que la nature n'a
point d'autres moyens
d'en ufer que ceux que
la convoitife a corrom-
pûs, & dont elle fe flatte;
ainfi l'hóme cherchant
autant fon plaifir que fa
fubfiftance, & à remplir
fa fenfualité , qu'à con-
tenter fon appetit , le
manger qui eft le reme-
de de fa faim, eft le poi-
fon de fon ame.

C'eſt de ce dérégle-
ment que viennent tous
les excés, l'homme eſ-
tant plus excité à man-
ger par la volupté que
par ſon beſoin, devient
gourmand, il ſent de
l'ardeur apres la ſacieté,
& ſe trouve plein ſans
eſtre content ; car ce
qui ſuffit pour ſa ſub-
ſiſtance, n'eſt pas aſſez
pour ſa ſenſualité, dont
les mouvements com-
mencent ou finiſſent
ceux de la nature; quand
ſon appetit eſt eſteint, il
ſe porte par la convoiti-

se , comme par un se-
cond desir aux plaisirs
du goust , ainsi on le
voit insatiable dans les
delices, & reglé dans le
necessaire ; & s'il est so-
bre avec de l'eau, il est
gourmand avec du vin.

CHAPITRE II.
Pour faire une vertu de la temperance, il n'y faut ny rigueur ny facilité.

LA temperáce n'est
pas tousiours une
vertu ; la fiévre qui dé-
regle nostre comple-

xion nous donnant du dégoust pour les delices, nous rend sobres , mais cette abstinence n'est qu'une infirmité , elle a toutes les regles de la vertu , elle n'en à ny l'esprit ny la grädeur, & l'homme , comme dit Bacon, ne doit non plus tirer son merite de l'impuissance de mal faire, que son honneur de ce que luy donne la bonne fortune.

Il y en a encore d'un humeur fort reglée, dont le naturel est ce

que l'on peut appeller
temperance , qui ne
trouvent aucune peine
dans ces pratiques , &
ont de l'esloignement
pour tous les excés que
je n'estime pas davan-
tage que les autres , on
suit la Loy sans merite;
quand on la suit sans
difficulté , la vertu se
forme dans la douleur;
le jeusne que l'Eglise
commande pour affli-
ger les sens , n'est plus
une penitence dés qu'il
est familier, & les per-
fections de Dieu ne

portent pas le beau nom
de vertu chez les Peres,
parce que sa volonté
n'estant qu'une mesme
chose avec sa Iustice &
sa puissance, il ne s'ef-
force ny ne se contraint
dans le bien qu'il fait.

Quoy qu'on ne par-
vienne au saint merite
que par les efforts,& que
la Religion qui attache
son culte à la douleur,
ne veüille que desSacri-
fices , & ne couronne
que la patience , un
jeusne trop austere qui
détruit la nature avec
le

le peché , eſt blaſmé des
Peres ; quant pour évi-
ter un mal , vous vous
portez à une vertu trop
excellente, c'eſt en faire
plus qu'on ne peut , par
la crainte de ne faire pas
ce que l'on doit ; il vaut
mieux dans le bien n'al-
ler pas iuſqu'à la perfe-
ction , que de ſe porter
à l'extrémité, la vertu à
ces enceintes , & le ter-
me qui la borne eſt ſon
accompliſſement ; c'eſt
dans cet eſprit que l'Eſ-
criture nous commande
d'uſer ſobrement de la

B

ſageſſe ; il y a des mer-
veilles choquantes qui
eſtonnent l'eſprit , &
n'ont point de dignité;
la ſobrieté du ſtilite me
ſemble plus temeraire
que grande , elle force
la nature , & on ſent de
l'horreur quand on l'ad-
mire ; conſervons dans
les actions vertueuſes du
reſpect pour la raiſon,
& quelque tendreſſe
pour la nature; il y a du
dérèglement dans tout
ce qui eſt au deſſus de
noſtre uſage , & c'eſt
entreprendre ſur l'hon-

neur de nos pareils, de faire ce qu'ils ne peuvent imiter.

✦✦✦✦✦✦✦✦✦✦✦✦✦✦

CHAPITRE III.

La temperance rend l'homme heureux , parce que le bonheur est de pouvoir se contenter du necessaire.

COmme la nature veut nous donner la felicité avec la vie, elle a autant de soin d'assurer nostre repos

que noftre fubfiftance;
elle fournit avec profu-
fion ce qui nous eft ne-
ceffaire , la recherche
n'en eft point difficile ;
fi vous avez faim , la
Terre eft couverte de
fruits ; les Fontaines
s'offrent à tout moment
pour contenter la foif;
nous ne pouvons pas
moins efperer d'elle, car
la nature eft répanduë
en tous , & animée d'un
chacun ; elle a part à nos
douleurs , comme à nos
plaifirs ; elle trouve fon
repos à faire le noftre;

nous sommes estroite-
ment unis, ce qu'on ap-
pelle inclination est son
mouvement, & nos vo-
lontez ne seroient pas
differentes de ces Loix,
si le peché ne les avoit
divisées.

Puisque la facilité &
la jouissance doivent
faire nostre repos, con-
tentons-nous du neces-
saire qui ne sçauroit
manquer ; on ne sent
non plus de desirs que
de besoins; & en reglant
sa passion sur sa necessi-
té, on ne souffrira ny

l'une ny l'autre.

C'eſt aſſurément le terme où la nature a voulu eſtablir noſtre bonheur; il y a touſiours de la miſere à le chercher dans les ſuperfluitez ſans cette inclination, il n'y auroit ny agitation ny trouble dans les ames , & vous ne pouſſez des deſirs, & ne ſentez des privations , que parce que la ſenſualité vous fait des neceſſitez.

La nature enfin ne nous laiſſe pas manquer,

rien de ce qui nous eſt
neceſſaire n'eſt eſloigné
de nous, elle ne ſouffre
point de pauvre, c'eſt la
convoitiſe qui les fait,
& ſi ce n'eſtoit le vice il
n'y auroit ny malheu-
reux ny miſerables dans
le monde.

Confions-nous donc
à la nature de nos be-
ſoins, & nous laiſſons
conduire à la felicité par
la temperance ; & ſi ce
qui ſuffit nous peut con-
tenter, nous nous trou-
verons parfaitement
heureux ſans delices &
ſans grandeur.

CHAPITRE IV.

*Autres principes par les-
quels on doit estre con-
vaincu, que la tempe-
rance fait le bonheur
des hommes.*

SI la volupré qu'Epi-
cure recónoist pour
la fin naturelle de l'homme, consiste dans la san-
té du corps, que ce Phi-
losophe appelle l'indo-
lence & le repos de l'es-
prit; la temperance peut
faire son plaisir souve-

rain , puifqu'en preve-
nant la douleur par le
retranchement des ex-
cés qui nous déreglent,
elle maintient la fanté;
& le formant à fe con-
tenter des biens necef-
faires que la nature luy
prefente à tous momés,
elle empefche que fon
repos ne foit troublé du
foin de leur recherche,
n'y ayant que les vani-
tez du luxe efloignées de
fa poffeffion qu'il ac-
quiert avec peine , &
dont l'ame née pour
des plaifirs plus achevez

ne puisse se contenter.

Il n'y a personne qui ne soit persuadé que le trouble & la douleur font l'infelicité des hómes ; car le repos de l'esprit se dissipant par l'inquietude, & le temperament du corps estant alteré ou détruit par les maux qu'il souffre, l'un & l'autre ne se trouvent plus dans leur estat naturel, qui est le centre de chaque creature.

La temperance nous formant en outre à mé-

prifer la fortune , dont
la tyrannie ne s'eftend
que fur ceux qui aiment
les fuperfluitez ; & fe
bornant du neceffaire
qu'on trouve dans la
plus abandonnée pau-
vreté , il faut croire que
cette vertu donnera une
heureufe conftitution à
l'efprit , ne luy laiffant
rien à craindre ny à de-
firer.

Qu'il y a d'applica-
tions ridicules , dit So-
crate , chez Platon ,
quand il entre dans les
Palais d'Athenes , dont

la temperance me déli-
vre ; je puis dormir fur
un lict moins riche , &
me garentir des injures
du temps , fans avoir
une maifon fuperbe ;
fi l'on y penfe bien,
le Luxe nous donne
moins de plaifir que
de foin , & toutes ces
delicateffes ne font plus
nos delices , dés le mo-
ment que la nature en
a fait des neceffitez.

Epicure mettoit quel-
qu'intervalle dans ces
plaifirs , afin de les
mieux reffentir , & de
connoiftre

connoiſtre par ce qui
manqueroit ce qu'il per-
doit dans la temperan-
ce, povuant iuger, di-
ſoit-il, avec cette épreu-
ve de mépris qu'il falloit
avoir, ou des efforts
qu'il devoit faire pour
leur jouïſſance; mais il
reconnût que la volupté
ne l'emportoit point ſur
la moderation, qu'il n'y
avoit rien de plus ſem-
blable à celuy que les
delices contentent, que
celuy que la nature ne
laiſſe manquer de rien;
que c'eſtoit à la vertu de

C

faire les heureux, que le
vice ne donnoit que de
l'inquietude , & qu'il
appartenoit moins aux
Roys de ne sentir point
de miseres, qu'à l'hom-
me temperant.

CHAPITRE V.

*Raisons qui montrent que
l'homme ne peut trou-
ver sa felicité dans l'intemperance & les deli-
ces.*

L'Homme estant li-
bre & raisonnable

doit eſtre heureux, la dignité de ſon Ame l'é-leve au deſſus de toutes les creatures, & la liber-té luy donne l'avanta-ge d'en uſer comme il luy plaiſt; l'une fait ſa grandeur, & l'autre ſon plaiſir, les deux en for-ment un Souverain, & l'on peut dire que, com-me Dieu, il eſt nay pour la gloire & la felicité.

Si l'eſtat d'innocence avoit ſubſiſté, il eût trouvé ce bon-heur dans la temperance & l'autorité; chaque homme auroit vécu en Roy, le monde entier eût formé fon empire. Il n'y eût eu entr'eux, ny proprieté, ny divifion ; mais s'arreftans au fimple neceffaire qui leur appartenoit en tous lieux, il s'y feroit trouvé autant de Souverains que de perfonnes, & cét Univers eût efté en mefme-temps le bien de tous, & le partage de chacun.

Apres la prévarication d'Adam, l'orgüeil renverfe ce bel ordre,

l'égalité devient odieu-
fe ; chacun tâche de
s'élever ; on ufurpe
le bien public ; le fu-
perflu & le manque-
ment paroiffent ; la pau-
vreté fait des efclaves ;
les richeffes des Sei-
gneurs, malgré l'ordre
qui veut que la partici-
pation des biens foit
commune ; ils les em-
ployent à faire leurs de-
lices, voulant aprés s'en
eftre rendus les mai-
ftres en ufer comme des
Dieux ; mais en vain ils
chercheront dans l'or-

güeil & la sensualité le plaisir que le peché les empesche de sentir dans la temperance & la moderation.

L'homme sensuel se trompe donc, d'esperer son bon-heur de la jouïsfance des Creatures ; elles peuvent luy donner du contentement, parce qu'elles sont faites pour luy ; mais elles ne sçauroient le rendre heureux, parce qu'il est au dessus d'elles ; C'est la source de toutes ces inquietudes, que ce

qu'il poſſede faſſe ſon
plaiſir, & que ſon plai-
ſir ne faſſe pas ſa feli-
cité, qu'en joüiſſant de
tout ce qu'il deſire ; il
luy reſte encore d'eſtre
heureux, & qu'il ſente de
l'eſperáce dans ſon cœur
aprés que ſa convoitiſe
n'a plus de bien à ſou-
haiter ; mais il n'y a rien
auſſi qui nous prouve
mieux ſa dignité que de
voir de la difference
entre ſa fin & ces plai-
ſirs ; & qu'il en faille
davantage pour faire
ſon bon-heur, que pour

faire ces delices.

Elles conviennent ſi
peu à l'homme dans les
intentions meſmes de
la nature ſenſible, ſelon
Saint Auguſtin, qu'il n'y
a aucun merite à ne les
aimer pas, & toûjours
du crime à les cherir,
ſon eſprit eſt divin, c'eſt
à Dieu de le contenter,
& le plaiſir des ſens ne
ſçauroit faire que la fe-
licité des beſtes.

CHAPITRE VI.

Raison tirée de la nature
des plaisirs, qui montre
que l'homme ne peut
mesme trouver sa felicité dans leur excés.

NE dites pas que si
le plaisir compose vostre bon-heur,
que l'excés le peut achever, comme on ne goûte le bien dans sa joüissance, qu'autant qu'on
en sçait continuer les

desirs, il faut qu'il reste
du vuide, & sentir des
mouvemens au milieu
de la possession, pour
s'y plaire, la plenitu-
de diminuëra toûjours
vos joyes, si vous vous
rassasiez dás l'abondan-
ce, vous vous d'égoûte-
rez dans le rassasiement;
& vos plaisirs finissant
par les excés où vous
cherchez la felicité,
vous apprendront que
c'est moins aux delices
de faire le bon-heur des
hommes, qu'à la tempe-
rance qui les regle.

L'empreſſement qu'-
on a de contenter les
grands , juſqu'à preve-
nir leurs déſirs qui ſont
les premiers mouve-
mens de la nature, les
empeſchant de vouloir
aſſez ce qui leur eſt ne-
ceſſaire, & d'en reſſen-
tir le beſoin , leur ravit
la joye qu'il y a d'eſtre
ſoûlagé, puiſque c'eſt au
deſir de nous faire trou-
ver des charmes dans
l'acquiſition , la neceſ-
ſité doit preceder la
joüiſſance ; il faut ſoû-
pirer premier que d'é-

tre heureux , & ref-
fentir la privation du
bien qui nous eft ne-
ceffaire ; ainfi la mefme
occafion qui nous met-
tra en fa poffeffion,nous
tirant de la peine que
nous avions d'en eftre
privez , nous contente-
ra d'autant plus , qu'au
mefme-temps que nous
recevrons ces attraits,
nous fortirons d'une
mifere ; & qu'en fatis-
faifant nos defirs, nous
cefferons encore d'eftre
mal-heureux.

Mais comment l'ex-
cés

cés du plaisir feroit-il
noſtre bon-heur, la con-
voitiſe ne peut ſe con-
tenter, ces mouvemens
ſont ſi troublez de ſon
injuſtice, & de ces fer-
veurs qu'elle ne trouve
pas meſme ſon repos
dans l'aquiſition de ſon
terme.

✻✻✻✻✻✻✻✻✻✻✻

CHAPITRE VII.

*Si la ſuperfluité eſt contre
l'ordre de la nature.*

LE ſuperflu ſemble
eſtre deſirable, la

D

vertu ne porte pas tout
son éclat avec elle; c'eſt
dans les richeſſes que
l'eſprit Heroïque trou-
ve ſa gloire; il ne ſçau-
roit paroiſtre ce qu'il eſt
ſans la magnificence
& quand la nature ſur-
paſſe nos beſoins par ſa
fecondité, c'eſt afin de
fournir aux beaux mou-
vemens qu'elle nous
donne pour la vertu.

On diroit que la na-
ture par cette abon-
dance veüille ſouſtenir
les inclinations de la
fortune, & que ces deux

caufes foient d'intelli-
gence à nous élever,
pour joindre la magni-
ficence avec la dignité,
la fortune ne pouvant
nous rendre grands, fi
la nature ne nous fait
riches.

Il femble enfin que
le fimple neceffaire ne
répond pas affez aux
tranfports du cœur & de
la vertu, dont les mou-
vements ont toute l'é-
ftenduë que vous fentez
ordinairemét dans l'am-
bition ; la befte qui eft
bornée à fa fubfiftance,

doit se contenter de ce qui luy suffist, la nature n'est feconde que pour l'homme, il en peut tirer son plaisir & sa gloire avec son usage, & il y a plus de bassesse que de moderation dans l'esprit de celuy qui s'arreste au necessaire.

L'excés enfin entre dans les dispositions de la prouidence, l'ordre du monde roulle sur le manquement que les uns souffrent du necessaire, & le bon usage que les autres font de

leur superflu, cette iné-
galité de biens regle
tous les hommes, &
fait subsister la subordi-
nation; nous n'avons
de la soûmission qu'au-
tant que nous avons de
besoin, & les grands
demeureroient sans au-
torité, si nous estions
sans misere ou sans am-
bition.

Mais si l'avarice qui
est une bassesse s'atta-
che à l'abondance, com-
ment le superflu peut-il
estre la fin de ceux qui
se proposent la gran-

deur ? L'ambition &
l'avarice font deux paf-
fions toûjours unies , &
dont le cœur de l'hom-
eſt égallement capable;
elles ſe portent à la ſu-
perfluité dans la veuë de
la gloire , l'une par l'eſ-
clat de la dépence , l'autre par l'eſpargne ; & ſi
l'ambition eſt un avirice
Heroïque , l'avarice eſt
un ambition obſcure.

CHAPITRE VIII.

Les delices font oppofez à la Iuftice naturelle.

NE vous faites pas un droit des fe-conditez de la nature, quoy qu'elle produife les chofes neceffaires avec profufion, Nous n'en devons pas eftre plus fenfuels. Dieu qui regle la faim des enfans, comme parle Saint Au-guftin , quand il met l'abondance dans le fein de leur mere, Nous montre affez qu'il veut que nous ufions avec moderation des biens qu'il nous donne magnifiquement.

Peut-on douter que les excés foient contraires à l'efprit de la nature. L'homme nous déplaift dés qu'il nous paroift delicieux, on ne le peut voir dans la volupté fans averfion, les delices l'expofent à l'envie ou à la haine, la raifon ne pouvant fouffrir celuy

qui doit fuivre la Iuftice,
s'attacher à la fenfualité
le pecheur, fe contenter
dans fon vice , & fa fe-
licité naiftre de ces cri-
mes.

Mais fi la fenfualité
prenant fa complaifance
en elle-mefme , vous eft
odieufe , c'eft dit Saint
Augnftin, qu'elle eft née
de l'orgeüil qui nous
offenfe ; & comme l'or-
geüil elle cherche fa fe-
licité dans fon propre
fein , nous regarderons
toûjours les delices ,
pourfuit ce Pere ; com-

me les caufes de noftre
fervitude & l'ambition
des grands ne nous fem-
ble iamais triompher
plus cruellement de nos
miferes que dans leur
voluptez.

Cette moleffe nous
choque fenfiblement
dans les perfonnes ri-
ches & inutiles, dont
la naiffance a fait la
fortune, qui ont receu
de la nature ce que l'on
pourfuit dans les tra-
vaux qui font nées, ce
que les autres devien-
nent par leur merite,

dautant que le plaiſir,
dit Ariſtore, n'eſt deû
qu'à la vertu, & le repos
à l'impuiſſance.

CHAPITRE IX.

*Les delices ſont entierement
oppoſez à l'eſprit du
Chriſtianiſme.*

LES Prophanes ont
connu la tempe-
rance comme les Chre-
ſtiens. Horace dit, Saint
Ierofme qui combatit
ſous le Siecle d'Auguſte

les déreglemens du
Luxe, que cette Empe-
reur vouloit corriger, en
a eu des penſées auſſi pu-
res que ſi elles eſtoient
nées de l'Evangile, & ce
Pere ne veut employer
que les pratiques de
leurs Philoſophes, qui
deſaprouvoient les ma-
ximes de Ieſus-Chriſt,
pour donner à ſes Diſci-
ples la confuſion de leur
debordements.

Cette vertu toutefois
eſt le caractere qui doit
diſtinguer le Chreſtien
de l'idolâtre; le principe
de

de la vie ſpirituelle , &
la baze de la foy de Ie-
ſus-Chriſt , qui conſpire
par toutes ces maximes
à détacher l'ame des
plaiſirs de la convoitiſe;
ils tiennent trop de l'im-
petuoſité de la beſte ,
qui n'ayant point d'au-
tre connoiſſance que
celle qui luy vient des
mouvemens de la natu-
re , ne peut manquer en
prenant ces delices pour
ſa loy ; mais la Religion
nous inſpire d'autres
ſentimens , ſon autheur
n'a rien condamné plus

E

fenfiblement que les
delices, quoy qu'il fem-
blaft devoir traitter avec
quelque magnificence
ceux qui le fuivoient
dans les deferts, il ne
leur prefente que ce
qu'ils pouvoient efpe-
rer de l'occafion, les
nourrift dans la fimpli-
cité, multiplie les pains
d'orge, & ne les chan-
ge pas, pour leur donner
dans les témoignages
qu'ils recevoient de fa
puiffance infinie dequoy
honorer fon humilité,
on voit autant de tem-

perance & de fageffe que
de force dans les mer-
veilles qui doivent efta-
blir les preuves de fa
miffion parmy ces Peu-
ples infideles , comme
s'il ne leur faifoit con-
noiftre fa Divinité ,
qu'afin de leur donner
plus de foûmiffion pour
ces exemples.

Il n'eft point de refpect
ny de confideration qui
puiffe excufer le Luxe.
Iefus-Chrift reprift celle
qui s'eftoit preparée à
le recevoir. L'efprit de
mediocrité qui eft entre

les richesses , dont on peut mes-user, & la pauvreté qui nous empesche de faire ce que nous devons , est le vray temperamment , les excés font ruïneux , ils privent les grands de leur bonheur; & si la somptuosité les fait honorer, la dépense excessive les tient dans quelque forte de misere.

Que l'on voye toûjours sur vos Tables l'Image de la sage pauvreté que Iesus-Christ a tant aimée , ne quittez

jamais les voyes qu'il
vous a tracées pour fui-
vre l'esprit du monde,
ne rougissez point de la
modestie, joignez com-
me luy la simplicité à
la grandeur , & soyez
humble en suivant sa
loy , crainte de perdre
le merite de l'obeïssance
dans la presomption de
bien-faire.

CHAPITRE X.

Quoy que la Religion de Iesus-Christ soit opposée aux excés & à la sensualité, les Chrestiens s'y sont portez avec plus de passion que les Prophanes.

LA Religion de Iesus - Christ formée dans la penitence & la charité, n'a point changé l'inclination que la naissance nous donne pour les delices. Les

Chrestiens auoient passé
dés le siecle de Tertulien
toute la profusion des
Romains ; dans le fonds
de l'erreur, ils estoient
meilleurs que nous ; &
si on n'en voit plus
d'aussi delicieux que Lu-
culle, Vitelle & Apicius,
cet amendemét ne vient
pas des impressions de la
foy de Iesus-Christ ; les
forces de la convoitise
ont decliné avec celles
de la nature, l'esprit se
sent de la vieillesse des
temps , nous excedons
moins dans le vice & la

vertu ; Neron & Socrate n'auront iamais leur pareils , & nos devanciers feront toûjours , écrit Montagne , plus grands que nous à faire le bien & le mal.

Mais fi les actions de l'homme doivent eftre moins conçeus dans les mouvemeus de la nature , que felon les principes de la Religion qui ne luy eft donnée que pour regler fa conduite, eft il pas honteux que ces Prophanes qui n'ont point connu d'autre Di-

vinité que le plaisir s'y
soient moins engagez
que les Chrestiens , la
deffence du peché sem-
blant n'auoir seruy qu'à
leur donner plus d'auda-
ce à le commettre.

Comme les Religions
nous ont toûjours don-
né les formes de vivre,
parce que la nourriture
contribuë à temperer les
mœurs qui leur appar-
tient de regler , on ne
doit pas estre surpris si
celle de Iesus - Christ ,
spirituelle & sainte dans
ces maximes , nous re-

commande la tempe-
rance qui retranche les
fenfualitez dugouft ; &
fi depuis la cheute de
noftre premier Pere ,
Dieu a laiffé aux hom-
mes l'indifference des
viandes, c'eft qu'il a crû,
dit S. Bafile, que fe por-
tants dans le vice au-
tant par l'orgeüil qui les
infpire , que par la fen-
fualité , ils ne s'y enga-
geroient iamais plusfor-
tement que quand on
leur refifteroit davanta-
ge , que la liberté qu'il
leur donneroit d'en vfer,

diminuëroit leur con-
voitife, & qu'ils auroient
d'autant moins de peché
qu'il leur feroit moins de
deffences.

Les Peres ne détermi-
nent point l'ufage ny la
qualité des Viandes, cô-
me la complexion des
hommes , écrit Saint
Bafile, eft differente, on
ne doit pas fous vne loy
auftere les affujettir à
vne mefme pratique; les
Apoftres partageoient
les biens felon le befoin
de chacun , & dans les
difficultéz, c'eftoit à l'E-

vefque de temperer l'ob-
fervation & donner des
limites aux deffences de
l'Eglife , crainte que la
foûmiffion qu'on auroit
pour ces reglements ne
devinft pernicieufe ;
mais comme il y a du
fcandale en toutes les
occafions où la Loy de
Dieu eft outragée, laiffez
l'impudence , & témoi-
gnez par quelque honte
le regret que vous avez
de voftre prévarication.

Ce Pere n'a pas feule-
ment combattu les dé-
lices des Chreftiens, il
les

les attaque encore dans
la vanité de leur prefean-
ce ; l'opiniaftreté, dit-il,
avec laquelle vous re-
fiftez aux déferences
qu'on a pour vous , eft
plus odieufe que l'am-
bition qui vous les feroit
rechercher , quoy que
l'humilité foit une belle
vertu , on ne doit pas
toûjours la mettre en
ufage , fouvent elle ne
fert qu'à entretenir dans
l'efprit des autres l'or-
gueïl qu'elle a deftruit
dans le voftre , refiftez-
luy pour le vaincre ; ce

F

vice qui eſt nay de l'a-
mour propre , nous divi-
ſe, & nous oppoſant les
uns aux autres , devient
ſon propre ennemy ;
Vous n'eſtes ſuperbe, ad-
joûte-il , que pour ceux
qui le ſont? S'ils n'auoiét
point d'orgueil , ils n'en
trouveroiét pas en vous;
ce n eſt que par le reſſen-
timent du leur , qu'ils
ne peuvent ſouffrir le vôtre; mais dans cette con-
trarieté, le ſuperbe ſe có-
noiſtra , il aura de l'horreur pour luy - meſme ,
& l'orgueil qu'il haït

en vous l'obligera de corriger le sien.

CHAPITRE XI.

De l'observation des Loys qui ont esté faites contre le Luxe.

IL y a eu des réjouiſſances publiques de tout temps; on a vû à Thebes plus de feſtins que de jours en l'année: Ces Habitans s'eſtans faits, comme un devoir, de fonder quelques Fê-

E ij

tes à l'honneur de leur
naiſſance, pour en per-
petuer la memoire.

Mais comme les hom-
mes paſſent facilement,
du plaiſir à la volupté,
& de la permiſſion à l'in-
ſolence, il en arriva de
ſi grands deſordres ſur
les frontieres de la Gré-
ce, & en Bœocie, que
leurs Magiſtrats furent
contraints de ſuprimer
ces coûtumes, em-
ployant la rigueur & la
juſtice, pour détruire les
excés qui en eſtoient
ſortis.

Ainsi apres les débor-
demens de Rome on
vit les Sénateurs sous la
censure de Caton, re-
nouvelant les Loys de
Silla, deffendre la pro-
fusion, & ordonner que
les festins se feroient les
portes ouvertes, expo-
fez à la visite. Ces Ma-
gistrats severes establis-
sant des observateurs
dans les marchez, pour
empécher qu'on n'y fist
de provisions au dessus
du necessaire, aprés avoir
obligé les chefs des plus
illustres maisons d'Ita-

F iij

lie à promettre folem-
nellement de ne fai-
re aucunes fuperfluitez.
C'eft de l'obfervation de
ces deffences que nous
eft venu l'ufage des l'é-
gumes , des champi-
gnons & des ragoufts,
quittant le Luxe fans
pouvoir quitter la gour-
mandife.

Mais la police s'eft
trouvée inutile; les Princes qui ont laiffé les excés libres, & abandon-
né les grands à leur in-
temperáce qui tombent
par leur dépenfe dans

l'impuissance de les continuer, les ont plus diminuez que la severité des Loys. La pauvreté arreste le vice, ou le finist, & donne des mesures à ceux qui n'en ont pas voulu recevoir de la Iustice? Le peché qui tire son origine de la foiblesse n'est point né pour durer ; & malgré la passion qui luy donne la vie, il faut qu'il meure dans son dereglement.

Les Chrestiens n'ont pas eu plus de soûmission pour les deffences

de l'Eglife , penetrants
la fin des Loys , écrit S.
Auguftin dans la Lettre,
où il demande l'affem-
blée d'vn Concile con-
tre les diffolutions de
l'Affrique , ils ont crû
qu'elles eftoiér publiées
pour empécher que le
Luxe fe répandift , qu'il
n'eftoit fatal que quand
il eftoit commun , & fe
figurant que l'obeïffan-
ce qu'ils rendroient à
fon autorité ne feroit
qu'un devoir politique,
ils ont fcandaleufement
violé la Religion & la

Sainteté de ces Ordon-
nances, pour eftre heu-
reux dans leur cóvoitife.
Mais fi la felicité du premier homme confiftoit
dans la poffeffion de la
Iuftice, à ne fentir aucun
divorce entre fa volon-
té & fa raifon, ces inclinations & fa confcien-
ce, aimer la Loy qu'il
devoit fuivre, & haïr ce
qui luy eftoit deffendu.
Le Chreftien ne doit ef-
pererfon bon-heur que
de la foûmiffion qu'il a
aux volontez de Dieu;
il jouïft miferablement

des plaisirs deffendus.
Ceux qu'il prend en cri-
minel le rendent mal-
heureux, puis qu'au mi-
lieu de ses contente-
mens il sent les remords
de sa conscience , qui
estant toûjours dans les
interests de la religion,
tourmente ceux qui la
méprisent. Et par cette
sainte disposition le juste
reçoit sa felicité de l'innocence, que le pecheur
cherche dans la sensua-
lité.

CHAPITRE XII.

Les origines communes du Luxe.

LA somptuosité de nos Princes a esté une des principales cau-se du Luxe. Neron qui mettoit les perles en li-queur, & paroit son buffet de pains d'or, comme s'il eust voulu dans son intemperance faire le plaisir du goust de toute la nature, le rendit familier chez ce peuple souverain , & laissa des impressions horribles à ceux qui luy succederent. Si Uitellius eust vécu, dit Suetone , il auroit épuisé l'Empire de Rome , & on eust veu que la conqueste du monde n'étoit pas assez pour soûtenir les inclinations d'un homme delicieux.

La bonté genereuse rarement est le motif des superfluitez ; c'est encore à la complaisance que nous avons pour l'orgueil l'orgueil & la sensualité, qu'il les faut attribuer, leur brillant ne doit pas vous surprendre ; plus il y a d'esclat & de fast dans nos actions, moins il y a de vertu , on n'a besoin d'aucun merite à faire des profusions ; & pourveu qu'on soit riche & vain , c'est assez pour estre magnifique.

Ne croyez pas que ces dépences vous acquie-rent des amis ; il n'y a rien qui le merite moins, dit Tacite , l'esprit qui s'imprime sur toutes

G

les actions paroiſt or-
gueilleux dans le Luxe,
la vanité ne donne point
d'inclination , elle pre-
tend ſe contenter, & les
hommes ne feront pas
leur intereſt de ce que
vous faites pour vô-
tre gloire ; remar-
quez que les feſtins de
Tite eſtoient plus agrea-
bles que pompeux ;
il mépriſoit ces fauſſes
idées de grandeur, & ne
vouloit acquerir l'affe-
ction de ces peuples que
par les graces , eſtant
perſuadé qu'il n'y avoit

point de folide amitié
fans vn peu de recon-
noiffance; chacun trou-
voit fon bien particulier
dans fa liberalité; & cet
Empereur ne fe mon-
troit magnifique que
pour fe rendre plus utile.

L'Art enfanté de l'in-
telligence , & conçeu
dans la convoitife , eft
la troifiefme fource du
Luxe, il ne peut eftre
legitime , parce que les
fins de l'Art, dans le lan-
gage de Tertulien, font
injurieufes au Createur;
c'eft attenter à fa fageffe,

G ij

écrit ce Pere, & difputer
de fon plaifir avec elle,
les bornes que Dieu a
mifes à fes faveurs, font
celles que nous devons
donner à nos defirs ;
voyez les routes que
tiennent les hommes
naturels, que nous ap-
pellons fauvages, ils ne
connoiffent point les
delices , méprifent ce
qui flatte les fens , &
joüiffent paifiblement
de la nature, n'adjoû-
tant rien au fimple plai-
fir d'éteindre la faim &
la foif.

La gloire des Armes
a conduit les Nations
dans la moleſſe. Rome
ne s'eſt proſtituée aux
delices , que quand elle
s'eſt enrichie des dé-
poüilles de l'Univers,
& ce ne fuſt qu'apres
avoir triomphé du Pont
& de l'Aſie , que Luculle
s'emporta dans ces ex-
cés démeſurez qui ren-
dirét ſa liberalité odieu-
ſe ; mais ces Conque-
rants ſe dégouterent de
la gloire dans le Luxe;
on vit les violences de
la guerre finir , & Dieu

par cette bonté extréme
qui luy fait oster la fe-
condité au mal , termi-
ner promptement ce
qui ne deuoit pas eftre.

Les Affembleés enfin
ont caufé les fuperflui-
tez que nous voyons
dans les regales. Tertu-
lien en accufe celles que
les Chreftiens faifoient
de fon temps, & les ex-
horte à fuïr ces entre-
veuës. Si la raifon, dit-il,
rend les hommes focia-
bles, leur vice en rend la
communication dange-
reufe , & fouvent pour

devenir leurs amis il faut
eſtre de leurs cóplices.

❧❧❧ ❧❧❧ ❧❧❧ ❧❧❧ ❧❧❧ ❧❧❧ ❧❧❧ ❧❧❧ ❧❧❧

CHAPITRE XIII.

Des progrés du Luxe.

LEs premiers hom-
mes vivoient groſ-
ſierement, & demeu-
roient dans les Foreſts,
ſe nourriſſants de ce que
la Terre vierge portoit
ſans eſtre cultivée; de va-
gabonds, ils devinrent
Paſteurs, aprivoiſerent
les animaux neceſſaires
à la vie, & s'applique-
rent à l'agriculture.

Cette exercice leur pa-
rût propre à rendre la
vie heureuse, & comme
les hommes assemblent
toûjours la gloire avec la
felicité; C'estoit un beau
nom en ce premier âge
que celuy de laboureur,
le bled faisoit leur com-
merce & toute leur ri-
chesse; ils en payoient
leurs debtes, le Prince
ne recevoit point d'au-
tre tribut; & cette inno-
cente maniere de vivre
éloignée du Luxe, cha-
cun se contentant de ce
qui peut naistre du sein

de la terre fuſt nommé
le ſiecle d'or.

Mais ces hommes Sau-
vages ſortis des Caver-
nes, travaillants ſans intereſts, *honeſtis manibus*,
paſſerent de la vie natu-
relle à la vie delicieuſe,
& de la volupté à la dou-
leur; la tyrannie des paſ-
ſions parût auſſi toſt que
les delices, & ces hom-
mes qui vivoient heu-
reux dans la ſimplicité,
grands & riches, ſe trou-
verent miſerables.

Le Luxe eſt nay dans
l'Aſie, où le Soleil com-

mence de paroiſtre , il a
ſuivy ſon mouvement ,
ſe répandant ſur toutes
les parties de l'Univers ,
ſon éclat augmenta aprés
les victoires de Cyrus ,
& ç'a eſté le charme qui
a tant de fois excité les
Heros à entreprendre ſa
conqueſte, trouvant leur
volupté dans les meſ-
mes occaſions où ils
cherchoient leur gloire.

Mais ces Conque-
rants naturaliſez par la
moleſſe ſe rendirent en-
fin dás le party des vain-
cus; le Luxe & la valeur

triomphant l'un de l'au-
tre, on voyoit en mef-
me temps l'Afie foûmife
& victorieufe, le theatre
& l'écueil de la gloire,
amoliffant la fierté dont
elle n'avoit pû fe deffendre. Et fi Alexandre
euft vefcu aprés l'a-
voir fubjuguée, il fut de-
venu la proye de ces de-
lices comme elle l'avoit
efté de fa fureur.

C'eft dans le commer-
ce de cette Nation deli-
cieufe que les autres peuples fe font corrompus,
les Fondateurs de la grâ-

deur Romaine n'avoient pas feulement l'ufage des chofes neceffaires, leurs defcendans paffe-rent plus d'un fiécle fans vin, n'offrant que du lait dans leur facrifices; mais l'Afie vaincuë cor-rompit l'Italie, & foûmi-fe à la fortune des Ro-mains, elle fit les Ro-mains Efclaves de ces couftumes dans Rome méme; ainfi chargez des richeffes de l'Univers, du Luxe de l'Afie, & de la dépoüille de Cartage, qui entretenoit leur vertu

vertu par l'émulation de
la sienne ; ils quitterent
la gloire avec la tempe-
rance, & la probité avec
la gloire.

CHAPITRE XIV.

Le moyen de remedier, se-
lon saint Augustin, aux
excez publics.

IL n'y a rien qui ait
tant choqué les Pe-
res que de voir les Chre-
stiens commettre des
excez aux Festes solem-

les, offensant Dieu par
les mesmes occasiós qui
leur sont données pour
l'honorer. Si vous entre-
prenez, dit S. Augustin,
écrivant à Januarius, de
remedier aux vices que
l'Eglise d'Afrique souf-
fre avec peine en plu-
sieurs personnes, & dé-
plore dans les plus enga-
gez, ou de rompre le
cours des Assemblées
publiques qui se font
aux jours qu'elle a con-
sacrez à la memoire
des Martyrs, qui sem-
blent avoir cessé d'estre

criminelles depuis que
les peuples s'y font en-
durcis. Vous ferez une
action digne de cette
fidelle chaleur qu'il
faut montrer pour la dé-
fence des Loys de Jefus-
Chrift, puis que S. Paul
ne veut pas méme qu'on
ait de communication
avec ceux qui paffent à
des excés fi infames, dás
lefquels on mefle le fa-
crilege avec la débau-
che, deshonorant le Se-
pulcre des Martyrs, &
les lieux fanctifiez par le
myftere, felon les termes

de cet Apoſtre.

L'Egliſe d'Afrique n'à
point connu ces debor-
demens dans les pre-
mieres origines de ſa
Foy ; la temperance y
eſtoit ſi reguliere , que
les Donatiſtes repro-
choient inſolemment
aux Catholiques, de n'o-
ſer ſe preſenter qu'à jeun
devant les Autels ; mais
cette obſervation n'a
pas eû de ſuite , &
l'on a veu le Peuple in-
conſtant reprendre le
cours des vices qu'il
avoit renoncé, aprés s'é-

tre foûmis à l'autorité d'une Loy eftablie fur la raifon & les miracles.

Ie craints, pourfuit-il, que ce defordre qui s'eft répandu & a pene-tré l'Italie, ne devien-ne incorrigible. Il eft difficile de changer ce qui eft vniverfel, fi vous oppofez à des Couftu-mes fi violentes, l'auto-rité d'un Concile, n'ufez pas de rigueur dans l'ap-plication du remede pour ne vous écarter pas de l'efprit des Apô-tres qui n'ont point or-

donné de peine dás leurs
Loys, qui empefche les
hommes d'aimer la ve-
rité qu'ils doivent fuivre;
& employant les témoi-
gnages de l'Efcriture,
qui parlent contre ce vi-
ce avec tant d'horreur,
que ce foit plûtoft pour
eftablir la crainte de
Dieu, que pour faire
remarquer voftre fuffi-
fance : Voilà, dit - il,
les maximes fur lefquel-
les il vous faut travailler
à l'amendement de la
multitude. Les peuples
s'attachent à ces

sortes de diſſolutions, on
ne ſe défie pas de leur vanité dans la miſere qui
qui les accable ; mais
ſouvent il n'y a que la
fortune qui mette de la
difference entre la ſen-
ſualité des grands & cel-
le des pauvres ; s'ils ſont
meilleurs , c'eſt qu'ils
ſont moins riches ; ils
ont les deſirs dont les
autres ont le vice ; les
efforts que chacun fait
pour s'eſlever en eſt un
témoignage ; & l'on voit
que ceux qui tâchét à de-
venir gráds ont le reſſen-
timét de ceux qui le ſont.

Et parlant à ce peuple comme l'habitude, luy dit-il, est ce qui fait la violence de vostre passion, vous la devez attaquer ; elle s'est formée insensiblement ; efforcez-vous pour la vaincre , vostre convoitise s'est eslevée contre vôtre raison, que vostre raison s'esleve côtre vostre convoitise ; si elle vous resiste , roidissez-vous à méprifer ses forces & ses attraits. Il n'y a pas de plus insolente tyrannie chez Platon que celle

d'une paſſion côfirmée,
pour avoir un aſcendant
plus abſolu ſur l'eſprit ;
quand elle rencôtre des
vertus , elle les combat
iuſques au temps qu'elle
les ait effacez , aſſerviſt
toutes les inclinatiós de
laIuſtice naturelle, & fait
gemir la conſcience &
la liberté ſous ces cruautez iuſqu'à la fin ; car les
habitudes du vice n'ex-
pirent qu'avec la nature,
elles vous accompa-
gnent à la mort ; & il
n'y a que l'impuiſſance
de les ſuivre où nous

pouvons tomber, qui
nous empefche de les
continuer.

Pour fortifier les ri-
ches dans une entrepri-
fe fi falutaire, ils peu-
vent confiderer que l'ex-
cés qui les tuë eft neceffaire au pauvre pour luy
fauver la vie, qu'il man-
que, parce qu'ils en ont
trop, & qu'il ne fçauroit
y avoir un abus plus in-
grat & plus déteftable
que de refufer un fecours
à ceux que Dieu nous
propofe dás l'abondan-
ce de ces biens, pour
eftre l'objet des recon-

noiſſances que nous luy
en devons.

CHAPITRE XV.
Contre la delicateſſe & la ſenſualité du gouſt.

LE goût eſt le moin-
dre de tous les ſens
& le plus flatté; il n'y a
montagne qu'on ne
force, ny coline qu'on
ne coupe pour côtenter
ſa ſenſualité : mais que
l'art inſpiré de l'orgueil
& de la convoitiſe em-
ploye ce qu'il y a de plus
precieux pour luy plaire;

que l'homme joigne l'ambition à l'avarice, la vanité à la gourman-dife; qu'il vive de l'ef-prit des viandes, com-me parle un Autheur; qu'il boive les odeurs & les parfums ; ces delica-teffes n'égaleront point l'affaifonnement que la main de Dieu y a mife; la volupté fimple l'em-portera toûiours fur la pompeufe; & vos artifi-ces, en oftant l'innocen-ce des chofes, en dimi-nuront la bonté.

Les fens pour affecter

les

les plaiſirs s'en éloigner,
la delicateſſe y trouve
toûjours quelque man-
quement, on n'en a ja-
mais aſſez quant on en
veut trop; & par un im-
preſſion mal - heureuſe
de la convoitiſe , ſou-
haitant les delices, ils ne
ſentent pas le plaiſir qui
ſe preſente ; car quel-
que bien que nous
ayons, ce n'eſt plus un
bien dés qu'il nous en
laiſſe deſirer un autre,
eſtant aſſez pour ſouffrir
dans ſa poſſeſſion de n'a-
voir pas tout ce qu'on
deſire.

I

Rendez la volupté ai-
sée, écrit Platon, recevez
du plaisir de tout ce qui
vous en peut donner,
rarement vous trouve-
rez le vin bon si vous
vous attachez trop à l'a-
voir excellent, on se pri-
ve de mille joyes pour
ne vou loir estre sensible
qu'aux grandes, & vous
deviendrez dautant plus
mal-heureux que vous
serez plus difficile à contenter.

Cette delicatesse naist
de la difference des cli-
mats. Les Allemans, dit
Montagne, qui semblent

en beuvant n'avoir que
la paſſion de s'enyvrer
prennent tous les vins
avec plaiſir, s'attachant
moins à les goûter qu'à
les boire- Les Romains
au contraire y ont toû-
jours cherché de la vo-
lupté ; ils ne les trou-
voient point agreables,
dit cet Autheur , s'ils
n'eſtoient delicieux , ils
avoient le ſecret de les
faire vieillir, & pour les
boire avec plus de plai-
ſir, ils conſervoient de
la glace dans des lieux
ſombres & couverts , &
minoient les rochers ;

cette senfualité qui avoit
esté long-temps renfer-
mée dans les bornes de
l'Italie se répandit sur
nos Frontieres, au der-
nier siécle ; & Bruier dit
que la Cour fut surpri-
se à la conference de
Nice, de voir Paul III.
l'Empereur, & François
premier boire de la ma-
niere contre les prin-
cipes de la santé, dont
on peut voir l'éclaircis-
sement dans deux Cha-
pitres de la Phisiologie
de Campanelle.

Confiderez que la ri-
gueur des saisons est éta-

blie de la justice de
Dieu, que c'est une re-
bellion de se vouloir
guarentir de la van-
geance que vostre pe-
ché a si bien meritée ;
deffendez - vous des
maux qui naissent de l'a-
venture ou de la malice,
le Ciel vous a donné de
l'intelligence pour les
prevenir ; & embrassez
ceux qui vous viennent
de son ordre, comme
une peine où sa justice
vous a condamné,& que
vostre soûmission peut
rendre salutaire.

L'origine de ce rafi-

nement eft que les fens
comme de petites intel-
ligences ont quelque
raifon dans leurs fon-
ctions , la delicateffe
eft leur critique, & com-
s'ils perdoient de leur
gloire à fe rendre trop
facilement , ils difpu-
tent fur le plaifir qui les
veut combler, deffendez
vous de cet habitude, le
gouft eft le plus crimi-
nel de tous les fens,
ces engagemens font
perilleux, il ne peut eftre
feparé de l'homme vi-
vant , & l'on eft auffi-
long-temps expofé à ces.

vices qu'on est sensible aux mouvemés de la vie.

CHAPITRE XVI.

Les suites mal-heureuses de l'excés du vin.

CE terme n'est pas toûjours infame, il y a dit Platon un Yvresse formée des vapeurs du Nectar, l'esprit qui en est penetré regardant les Astres par les forces d'vne si pure chaleur n'est pas éblouy de leur clarté, il connoît Dieu, s'en nourrist & s'y plaist,

& comme il eſt intelle-
ctuel, facilement il de-
vient inſpiré & divin.
Saint Auguſtin croit que
ce Philoſophe a voulu
parler de la grace, elle
trouble l'eſprit comme
le vin, ces charmes nous
enlevent, font oublier
à l'homme les routes du
monde, renoncer à ces
intereſts, & reprendre
ſa premiere innocence;
celle dont je vous parle
eſt ſenſuelle, confond
honteuſement l'eſprit
avec le corps; ces deux
parties penetrées des
chaleurs du vin, l'eſprit

foûmis aux fens, & les
fens qui le conduifent
ayant perdu jufqu'à l'in-
ftinct femblent ne com-
pofer plus qu'une maffe
defordonnée.   L'yvro-
gne n'eftant, écrit Ba-
con, dans un fi mifera-
ble eftat que celuy qui
fera homme le lende-
main.

Il n'y a rien, felon vn
Pere, qui le deftruife
davantage, il ofte la li-
berté au franc-arbitre,
le raifonnement à l'ef-
prit, & la prefence à la
memoire, le corps fuc-
combant fous les va-

peurs empoiſonnées du
vin, perd les forces avec
le mouvement, les yeux
ne peuvent conduire les
pieds , & les pieds ne
ſçauroient ſoûtenir le
corps ; c'eſt le vice où
nous abandonnons la
raiſon ; de plus loin il
y a un peu d'intelli-
gence & de generoſité
aux autres ; on ne voit
rien d'humain dans les
excés du vin ; il ſem-
ble, écrit Ariſtote, que
l'yvrogne ait deſſein d'o-
fuſquer la raiſon pour
n'avoir point de retenuë
qui le borne, cherchant

dans ces fureurs le moyen d'aller à l'extrémité de tous les vices, parce qu'il adjoûte l'audace à la colere, la malice à la mauvaiſe conſcience, l'impudence à la ſenſualité, où l'on s'attache dautant plus qu'on à moins de lumiere pour en connoiſtre l'horreur, & ſentir les repugnances de l'eſprit.

Inſtruiſons - nous dans la maniere des beſtes, Dieu qui ne leur a donné ny lumiere, ny liberté, aprés avoir reglé leur plaiſir, a fait leur

conduite de leur incli-
nation ; ſi l'inſtinct qui
les gouverne eſt la ſa-
geſſe meſme de la natu-
re , nous pouvons pren-
dre pour noſtre exemple
les mouvemens dont el-
le a fait leur loy.

La beſte ne tombe ja-
mais dans l'excés , ſes
deſirs ne paſſent point
ſes beſoins , & ce qui
contente ſa faim arreſte
ſa ſenſualité ; l'homme
n'eſt pas ſi juſte , il boit
aprés eſtre ſaoul il en deſire encore quand il en a
trop, & raſaſié il cherche
par les ragouſts la ſoif
qu'il

qu'il a perduë dans la plenitude, la befte n'a point de paffions fi infidelles, elle ne fait rien au prejudice de fa fanté, l'homme moins reglé immole fa vie comme fa raifon aux plaifirs de la débauche ; que s'il ne fent pas dans ces tranfports la fiévre & les tortures de la goûte, le principe en eft confervé par le vice dans la maffe d'vn fang corrompu, & pour un peu de joye il s'expofe aux plus fenfibles cruautez de la douleur.

k

La beste donc est plus attachée à la justice par sa simplicité de l'instinct, que l'homme par toutes les lumieres de l'esprit & de la conscience sans vertu; elle nous en donne l'exemple, elle suit mieux les formes de la raison que ceux que la raison conduit; ainsi l'homme s'attachant à la brutalité est ce que les bestes devroient estre, & les bestes suivant les impressions de la nature font ce que les hommes devront faire.

C'eſt à la miſere , dit Salvian, de regler ce vice , lors que l'Italie fut ravagée , les Peuples ſe porterent moins à la débauche , l'irruption des Vandalles purifia l'Eſpagne , & on ne vit plus d'excés dans les Gaules, aprés que les Nations barbares les eurent pillées, ce qui nous afflige, nous modere ; mais quand les coups qui nous font ſouffrir ne nous amende pas , l'endurciſſement attire l'extermination. Treves, pourſuit-il, a eſté priſe

quatrefois, à la derniere
l'Ennemy y entra lors
qu'ils estoient à table:
Dieu ayant voulu que
le mal-heur leur arri-
vast en cette occasion
pour leur faire mieux
connoistre que l'opres-
sion qui les accabloit
pendant leur intempe-
rance, en estoit le cha-
stiment ; mais aujour-
d'huy on s'atache moins
au vin qu'à la molesse, la
gourmandise a cedé à
l'amour, & un vice fait
mourir l'autre que l'as-
semblement auroit ren-
dus excessifs.

FIN.

www.ingramcontent.com/pod-product-compliance
Lightning Source LLC
Chambersburg PA
CBHW060820250626
47162CB00005B/1879